Para Jo Beth

- Erik Speyer -

Las aventuras de Kubi

Calle Claveles, 10 | Urb. Monteclaro | Pozuelo de Alarcón | 28223 | Madrid | Spain
www.cuentodeluz.com

Título en inglés: *The Adventures of Kubi*
Traducción al español de Jimena Licitra
El autor agradece a Hans Kemp el poder utilizar sus fotos de Vietnam
como material documental para este libro.

ISBN: 978-84-16147-40-3

Impreso en China por Shanghai Chenxi Printing Co., Ltd. enero 2015, tirada número 1477-3

Las aventuras de 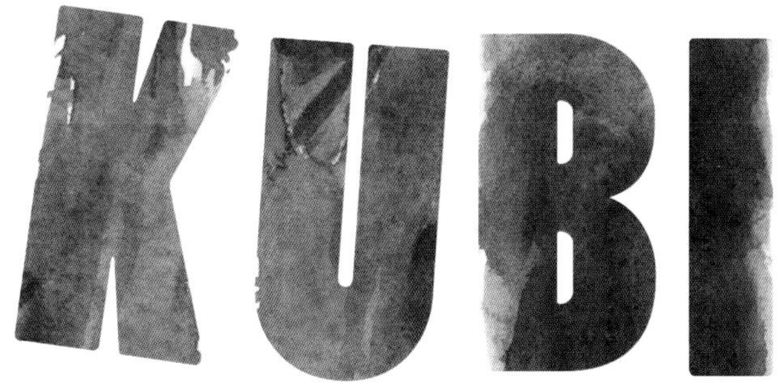

Erik Speyer

En una granja de una aldea vietnamita
vivía un perrito llamado Kubi.

Allí tenía muchos amigos y era muy feliz.

—¡Buenos días! —decía todos los días Kubi a su mejor amigo Arni, un gran búfalo de agua, antes de que se marchara a trabajar en los campos de arroz.

Kubi también les daba los buenos días
a sus otros amigos de la granja.

—¡Buenos días! —decía a la familia de los patos,
que pasaban la mayor parte del día nadando cerca de los
campos de arroz inundados, y también a los cerditos,
que solían pasar el tiempo dormidos a la sombra
o revolcándose en el lodo.

Lo que más le gustaba hacer a Kubi era subirse a lomos de Arni y acompañarlo mientras tiraba del arado a través de los campos llenos de lodo. Porque, para poder sembrar el arroz, antes hay que arar los campos inundados de agua.

Después del colegio, Kubi jugaba con los niños
y a veces cruzaba con ellos un puente muy estrecho,
que se llama puente mono.

Kubi era un perrito ágil y no le costaba nada cruzar corriendo aquel puente mono.

Una noche hubo
una gran fiesta en
la granja para celebrar
el Tet, el Año Nuevo vietnamita.
Había tanto ruido que Kubi no podía
dormir. Así que decidió buscar un sitio
confortable, alejado del ruido. Finalmente
se quedó dormido sobre unas tablas de
madera pero, como estaba muy oscuro, no se
dio cuenta de que... ¡las tablas formaban parte
de un barco!

Al despertarse a la mañana siguiente, Kubi se encontró en el barco, rodeado de otras embarcaciones, con mujeres a bordo. Las mujeres estaban esperando que volvieran al puerto unos pesqueros muy grandes.

En cuanto vieron que ya estaban cerca, cargaron el pescado en sus embarcaciones y lo llevaron al mercado de una ciudad llamada Hoi An.

Kubi se puso a explorar Hoi An
y encontró un viejo puente japonés.
Desde allí se veía todo muy bien.
Kubi tenía la esperanza de divisar su pequeña
aldea, pero lo único que alcanzó a ver fue
agua y barcos pesqueros.

Justo cuando empezó a llover, llegó a
un sitio donde se reparaban barcos. Llovía tanto,
que Kubi corrió y corrió, en busca de un lugar seco para
resguardarse de la lluvia.

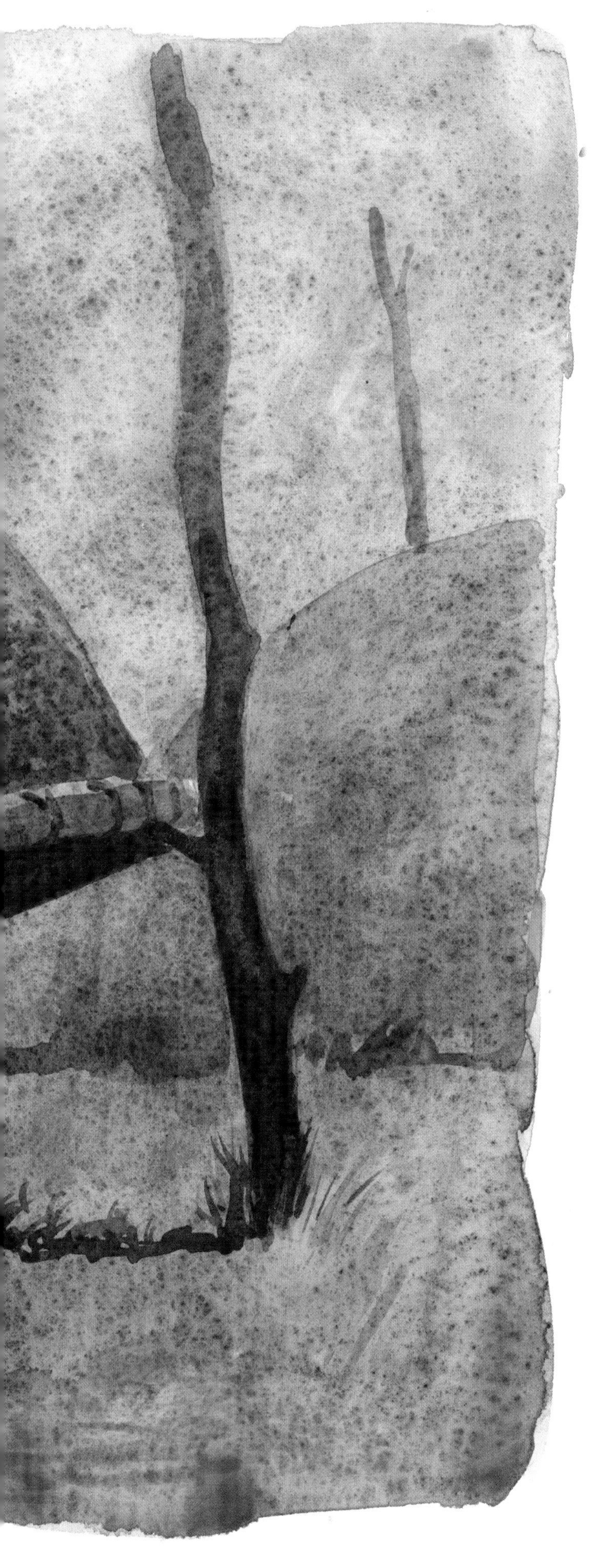

Kubi pasó la noche debajo
de un barco de lámina.

El perrito se sentía triste
y solo. En su granja le
daban de comer todas las
mañanas y todas las noches.

Pero aquí no había nadie
que lo alimentara, y tenía
hambre...

Por la mañana, una señora lo llevó a dar una vuelta en su barco-cesta y Kubi intentó encontrar su granja. Estuvo mucho tiempo en el barco-cesta, pero lo único que vio fue más agua y más barcos pesqueros.

Al día siguiente Kubi fue al mercado de Hoi An para ver si encontraba algo que comer. Vio a unas mujeres que vendían ajos, cebollas, setas secas, tomates, limas, pimientos y más cosas que no le gustaban.

Kubi tenía mucha hambre.

Por fin una señora
que tenía una cocina pequeña
le dio un poco de comida que sí le gustó.

Era una sopa de pescado con tallarines y a Kubi le pareció lo mejor que había probado nunca. Aquella señora iba todos los días con la cocina a cuestas, y la depositaba sobre la acera para vender su rica sopa. Hasta llevaba un pequeño fuego de carbón en la cesta para que la sopa se mantuviera siempre caliente.

En el mercado Kubi vio a un montón de patos
metidos en jaulas de bambú.
Como le recordaron a sus amigos de la granja,
Kubi los liberó levantando las cestas con su pequeño hocico.

En ese momento unos niños lanzaron petardos.
Los patos se asustaron y empezaron a aletear por todo el mercado, desatando una ola de pánico.

Las señoras del mercado se pusieron a perseguir a los patos para espantarlos y volaron frutas y verduras por todas partes.

Kubi tuvo que huir de las señoras del mercado:
como él había liberado aquellos patos, le echaban la culpa de todo el alboroto que habían causado. Algunas se pusieron a perseguirlo por las calles de Hoi An.

En ese momento otro perro se acercó corriendo hasta Kubi y le mostró cómo escapar de aquellas señoras que estaban tan furiosas.

Longo, el nuevo amigo
de Kubi, lo condujo
detrás de una columna
de un templo, y allí se
escondieron hasta que las
señoras volvieron al
mercado.

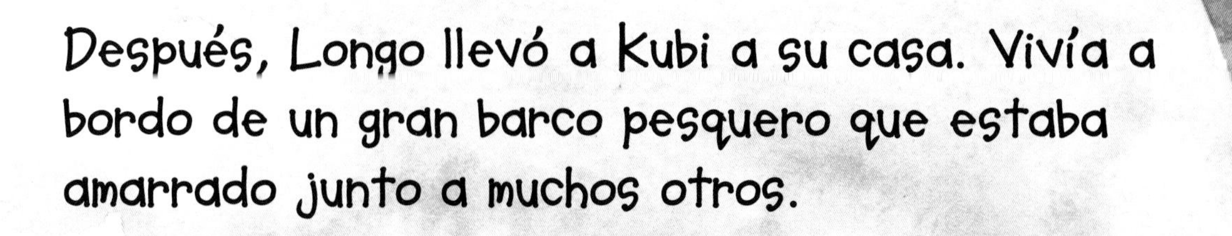

Después, Longo llevó a Kubi a su casa. Vivía a bordo de un gran barco pesquero que estaba amarrado junto a muchos otros.

Los dos se lo pasaron muy bien juntos, sentados a la sombra, contemplando el ir y venir del puerto.

Al día siguiente, pasó por allí un simpático conductor de bici-taxi de la aldea de Kubi.

Al ver al perrito, lo llamó para indicarle que lo podía llevar de vuelta a casa. Kubi se sintió muy feliz de poder regresar a su aldea y disfrutó mucho de su primer paseo en bici-taxi.

Al llegar a la granja, Kubi saludó a todos sus amigos y les contó sus aventuras. Kubi estaba muy feliz de volver a jugar de nuevo con sus amigos los cerditos.

Después se subió a lomos de Arni, que era su sitio favorito para dormir. A la luz de la luna, Kubi se quedó dormido enseguida, contento de estar por fin de vuelta en casa.